KB103234

9남매 장녀로 산다는 건

9남매 장녀로 산다는 건

발 행 | 2024년 2월 28일
저 자 | 구매음
펴낸이 | 한건희
펴낸곳 | 주식회사 부크크
출판사등록 | 2014.07.15.(제2014-16호)
주 소 | 서울특별시 금천구 가산디지털1로 119 SK트윈타워 A동 305호
전 화 | 1670-8316
이메일 | info@bookk.co.kr

ISBN | 979-11-410-7434-0

www.bookk.co.kr

9남매
장녀로
산다는 건

구매음 지음

목차

머리말

사람들은 항상 내게 말한다. 힘들지는 않냐고, 자유롭게 살고
싶지 않냐고, 당연한 소릴. 가만히 있는다고 해서 싫은 것을
하고 싶다는 것이 아니다. 나도 내가 왜 이렇게 살아야 했는
지 모르는데 남도 알 수 있으랴.

처음으로 책을 만드는 거라 머리말을 쓰는 것은 역시 쉽
지 않다. 무슨 말을 써야 할지 모르겠다. 다른 책들을 참
고해 보니 '누구누구에게 이 책을 바칩니다…'를 꼭 쓰는
것을 보니 이런 형식으로 써야겠다.

나의 소재가 되어준 공세초, 능허대중, 박문여고 학생들과
내 가족들 특히 9명이나 낳아주시고 길러주신 우리 어머
니께 이 책을 바칩니다.

'그것'의 시작

어디서부터 시작해야 할지 모르겠다. 내가 처음 '그것'을 느끼게 된 것은 아마도 그때였다. 초등학교 3학년. 어리디 어린 나이에 큰 재해처럼 찾아왔다. 우리 가족은 엄마, 아빠, 오빠, 나, 동생 2명으로 당시에도 많다고 들을 정도로 주변 사람들의 관심을 받았다. 그런데 엄마의 뱃속에 새 생명이 생겼다는 소식을 들었다. 나는 동생이 생긴다는 기쁨으로 가득 찼다. 하지만 왜인지는 모르겠으나 그때의 엄마는 스트레스를 많이 받았나 보다. 갑작스럽게 멀리 이사를 가게 되었다. 할머니는 엄마가 주변에서 아기를 많이 낳은 것을 별로 알리고 싶어 하지 않아서 이사를 가는 것이라고 말씀하셨다. 나는 이사를 가기 싫었다. 친구들과 헤어져야 하고 무엇보다 나의 사촌인 라민이와 떨어져 지내야 했기 때문이다. 우리 둘은 나이가 같고 집도 멀지 않아 자주 왕래했다. 오빠도 싫은 눈치였다. 엄마가 우리의 마음을 이해해 준 것인지는 모르겠으나 나와 오빠는 반년 동안 이모네 집에서 살다 오는 걸로 정했다. 부모님과 동생들이 먼저 떠나고 이모네 집에서의 삶은 정말 꿈만 같았다. 무서운 엄마도 없고 친절한 이모와 상냥한 사촌오빠, 그리고 내 친구이자 가족인 (나와 동갑인) 사촌 라민이까지. 내가 이모네 집에서 산 반년 동안의 시간은 내 삶에서 가장 행복했던 시간이었던 것 같다. 꿈만 같았던 시간이 지나고 이제 떠날 때가 되었다. 떠난다는 게 이렇게 아픈 건지 몰랐다. 오빠와 난 새로운 마음으로 우리 집으로 갔다. 그곳에는 어린 동생들이 있었고 새로운 삶의 시작이었다. 수학학원 일로 더 바빠진 부모님의 맞벌이로 내가 일찍 집안일을 도와야 했던 당시 나의 나이는 아마 4학년 때쯤 부터였던 것 같다. 그 후로 엄마한테 혼나는 일이 더 잦아졌다. 밥, 빨래, 청소 등 엄마가 나에게 기대하는 일들이 많아지고 그만큼 기대해 못 미쳤을 때 실망하는 일들도 많아졌다. 이때부터였다. 마음속

무언가가 자리 잡아서 나의 몸속을 갉아먹었고 답답한 이 마음을 해소할 수 없었다. 엄마한테 혼날 땐 오직 난 침묵만을 유지했다. 더더욱 나의 마음은 가라앉고 집에서는 웃는 일들이 적어졌다. 이와 반대로 새로운 학교의 삶은 잘 적응했다. 친구들도 금방 사귀었고 학원도 다니기 시작하여 인맥도 넓어졌다. 학교생활을 하면서 자연스럽게 우리 가족이 5남매라는 것과 부모님의 맞벌이로 내가 집안일을 돕는다는 사실은 금방 퍼져 나갔다. 이것이 나의 실수였던 것 같다. 순수했던 난 어른들의 사정을 잘 몰랐다.

최악

어느 날 엄마가 나에게 집에서 집안일을 한다고 주변에 알렸냐고 물어보자 난 말했다고 했다. 엄마는 한숨을 쉬시더니 말씀하셨다. 그전부터 주변에 집안 사정을 말하기 싫어하시는 건 알았다. 나의 무지한 행동이 이런 상황을 만든 것은 아닐까 지금도 생각한다. 학교에서 엄마들끼리 모임 같은 걸 했나 보다. 거기서 엄마들이 내가 불쌍하다는 식의 말들을 했었던 것 같다. 엄마의 기분은 당연히 좋지 않았다. 엄마는 주변에 집안 이야기를 하지 말라고 하셨다. 엄마는 그런 얘기들을 듣기 싫다고 했다. 그때의 충격은 아직도 잊혀지지 않는다. 사실 그때 엄마한테 실망을 했다. 이걸 부끄럽게 생각하는 엄마가 이해가 되지 않았다. 난 엄마가 그때 정말 약한 사람으로 보였다. 사람들의 시선에 무서워 쫓기는 작은 토끼처럼. 멀리 도망치려는. 세상에 회피하려는 비겁한 엄마로 느껴졌다. 하지만 그때도 나는 침묵을 유지하며 받아들였다. 점점 나의 상처는 깊어져 갔다. 이후로 더 혼나는 일들도 많아지고 말하는 강도의 세기도 점점 커져갔다. 사는 하루하루가 힘들고 버티기 버거워졌다. 점점 절벽 끝으로 가는 느낌이었다. 하지만 그럼에도 꿋꿋이 버텨내어 살았다. 엄마도 힘든 일들 있어서 그런 거겠지, 스트레스를 받아 그저 화풀이할 곳을 찾아 헤멘 것 같았다. 하지만 이런 엄마의 행동들을 할머니와 다른 친척들은 이해하지 못했던 것 같다. 할머니는 나를 만날 때마다 안타까운 눈을 하시며 불쌍하다는 말을 자주 하셨다. 어렸을 때 할머니한테 키워져서 그런가 할머니의 그런 말들은 상당히 위로가 되었다. 할머니는 나를 도와주려 하시고 날 이해해 주려 해준 은인과 같았다. 할머니의 말과 행동으로 나의 깊은 상처가 조금이지만 치유가 되는 것 같았고 편안한 마음을 가질 수 있었던 것 같다. 하지만 그것은 할머니가 있을 때의 이야기이고 할머니가 없다면 우리 집은 지옥 그 자체였다. 그나마 행복했다고 생각할 수 있던 일들은 친구들과 놀거나 동생들과 놀아주던 일들이 나에게 힐링을 주었던 것 같다. 또 멀리 이사 오긴 했어도 우리에게는 핸드폰이라는 통신 수단이 있으므로 라민이와 연락하는 일들은 드물게 있었다. 시간이 지나고 다섯째가 어린이집을 다니던 때에 또 임신했다는 엄마의 말을 들었다. 할머니나 주변 사람들의 반응은 축하보다는 다른 호응들을 보냈던 같다. 다들 내가 싫어할 것이라고 생각했지만 나는 그러지 않았다. 난 그저 내 동생이. 새로운 생명이 태어난다는 것에 기뻤다. 하지만 이런 나의 기분과는 다르게 엄마는 점점 힘든 거 같았다. 내가 봤을 때 엄마는 뭔가를 항상 생각하고 있었다. 그게 무언지는 모르겠지만 항상 진지한 때가 있었다. 여섯째가 태어난 지 두 달도 안 돼서 엄마는 일을 나갔다. 집에 엄마가 안 계시는 게 편하긴 하지만 한 편으로는 걱정이 되었다. 이런 내 마음은 애석하게도 마음속에 묻히고 말았다. 이후의 엄마는 철을 마구 두드려 완성된 견고한 검과 같이 더 날카로워졌고 부모님도 말다툼하는 일들이 늘어났다. 나에게 모진 말들을 내뱉는 엄마의 마음이 이해가 되진 않았지만 난 그저 침묵만 유지하고 끄덕이는 것밖에 할 수 없었다. 내가 서 있는 절벽은 이미 금이 나 있었고 당장 무너져도 이상하지 않을. 그런 절벽이었다.

힐 링

힘들고 아팠던 것만은 아니었다. 내가 6학년 때. 갑작스레 엄마가 국내여행을 일주일 간하자고 했다. 난 솔직히 가기 싫었다. 가족들과 무언가를 같이 하기가 싫었고 같이 있기가 싫었다. 지금 생각해 보면 이때가 아무도 몰랐던 내 사춘기지 않을까. 어쨌든 싫증 냈던 거와 다르게 막상 여행을 가니 굉장히 신이 났었다. 나도 그때는 어린 나이였고 여행도 자주 못 갔던 상황이었기에 갑자기 엄마가 여행을 가자고 했을 땐 놀라기도 했었다. 일주일간 우리 가족은 정말 한국을 빙 한 바퀴 돌았다. 유명한 곳에 가서 사진들도 찍고 그림 벽화마을도 가고 맛집도 가고 자는 건 차에서 잤다. 낭만 그 자체였다. 그런 날들 사이에서 큰 사건이 있던 건 해수욕장에서의 일이었다. 그 해수욕장에서 동생이 금방 친구를 사귀어 그 친구의 튜브 보트를 타며 놀고 있던 것이 그 사건의 시초였다. 다 같이 놀고 있던 때에 튜브에 손을 떼면 위험하기 때문에 누군가 한 명은 잡고 있어야 했다. 그때 내가 왜 그랬을까. 아직도 후회가 든다. 내가 동생이 타고 있던 튜브를 잡고 있었고 다른 애들이 노는 것을 보고 나도 놀고 싶어 다른 동생에게 잡고 있으라고 한 후 놀고 있었다. 시간이 지난 후 동생 타고 있는 튜브를 아무도 잡고 있지 않자 잡아야겠다는 생각이 들어 옆에 있던 동생에게 잡으라고 시켰다. 동생이 튜브를 잡지 못해 내가 나서려던 그때. 튜브가 점점 멀어져 가는 게 느껴졌다. 나는 빨리 잡으려고 노력했다. 멀어지는 보트를 잡으러 손을 쭉 뻗어봐도 세차게 발로 뛰어봐도 물 때문에 동생에게 닿는 것이 어려웠다. 내 마음이 급해지고 잡아야 한다는 마음에 가까이 가보려 하는데 바닥에 뭔가에 발이 긁혔다. 발보다 급한 것이 동생이기에 금방 정신을 차리고 다가가려 했다. 하지만 물은 점점 내 키보다 높아지고 발에 땅이 안 닿고 바닥에는 따가운 무언가들이 있어 나는 떠내려가는 동생을 그저 지켜보아야 했다. 심각해진 나와 오빠는 점점 멀어져 가는 동생의 튜브를 멍하니 바라보았다. 그러던 중 동생이 무서워하며 발을 튜브 밖으로 내려가려 했다. 당시 동생의 나이가 4살이었기에 무서운 것이 당연했다. 나와 오빠는 식겁하며 동생에게 상어가 있다고 내려오지 말라고 하고 난 엄마에게 전하려 뛰어갔다. 당시 나와 오빠가 할 수 있던 최선의 방법이었던 것 같다. 소식을 전해 들은 엄마는 황급히 뛰어가고 난 갓난아기였던 여섯째를 돌보고 있을 수밖에 없었다. 심각해진 주변의 소리들이 울려 퍼질 때쯤 물을 사러 간 아빠가 여유롭게 걸어왔다. 나는 흥분한 채 상황 설명을 했다. 아빠의 반응은 굉장히 침착했고 대수롭지 않아 했다. 그런 아빠의 반응으로 난 오히려 진정하고 안심이 들었고 시간이 좀 지난 후 구조대가 동생을 구하고 119까지 도착해 엄마와 동생의 상태를 살피고 갔다. 나는 그제야 안심하고 긴장을 풀었다. 뒤늦게 발이 아픈 걸 느끼고 확인했을 때는 경악을 금치 못했다. 발바닥에는 수많은 상처들이 있었고 모래사장을 뛰어온 것 때문에 상처 속에 모래알들이 들어가 있었다. 이 사건은 이렇게 그냥 끝났지만 하마터면 동생을 잃을 뻔했다. 아직도 그때의 충격은 생생하다. 우리 가족은 여행을 계속 이어 나갔지만 이후로 해수욕장을 가지는 않았다. 그 뒤로 왜인지는 기억이 안 나지만 할머니도 여행에 같이 동행하여 즐거운 추억을 쌓았다. 갯벌에 가서 조개를 캐거나 대게를 먹으러 가거나 다양한 경험들을 했다. 나의 여행이 금방 끝이 나고 집으로 돌아갔다.

또 하나의 시작

6학년 졸업을 앞둔 난 또다시 멀리 이사를 가야 되는 운명이었다. 이제야 친해진 친구들과 헤어지고 또 다른 새로운 만남을 겪어야 하는 것이 너무 싫었다. 하지만 어쩔 수 없다. 이사 가는 것을 내가 어찌할 수 있는 건 아니니까. 쓸쓸한 마음으로 졸업식을 하고 친구들의 가지 말라는 오열을 듣고 그만 안녕을 고하고 나는 떠났다. 차로 이동하는 동안 난 창문 밖을 바라보며 멍을 때렸다. 아무 생각도 하고 싶지 않았고 그저 현실을 외면하고 싶었다. 시간이 지난 후 이사 갈 집에 도착했다. 내가 갈 중학교는 이제 지어지고 있어 아직 완전한 모습을 하고 있지 않고 있었다. 나는 방학 동안 새로운 집에서 마음을 다잡고 새로운 만남을 준비하며 긴장감을 가졌다. 어떤 친구들이 있을까. 두렵기도 하고 설레기도 했다. 정말 놀랍게도 입학식 첫날 내 앞자리 친구가 먼저 말을 걸어주어 친해지고 그 친구가 그날 바로 자기 집으로 초대해 줬다. 나는 처음에는 매우 당황했으나 친화력이 좋은 친구라고 생각했다. 그 친구와 통성명을 하고 이름이 소윤이라는 것을 알았다. 소윤이는 강아지를 키우고 있었고 어머님도 굉장히 친절하셨다. 난 첫날부터 좋은 친구를 사귀었다고 생각했다. 그렇게 다음날에 반으로 가서 내 자리에 앉았고 다들 말할 친구들을 찜해놓은 것 같이 이야기를 하는 것 같았다. 나는 당연히 소윤이와 함께 이야기를 나누고 지냈다. 그러다가 여자애들끼리 놀러 가자는 얘기가 나와 나는 흔쾌히 간다고 하고 나와 소윤이 포함 여섯이서같이 놀러 갔다. 아이쇼핑을 하고 있던 때에 소윤이가 안 좋은 표정을 하고 나와 옆에 있던 친구한테 다른 친구 셋이서 자기 얘기를 하는 것 같다고 기분이 상해 있었다. 그래서 어떻게 된 영문인지 그 친구들이 있는 곳으로 조심스럽게 가서 이야기를 들었다. 그 친구들이 이야기를 하길 소윤이에 대한 소문이 있는데 초등학교 때 어떤 친구를 왕따시키려다가 오히려 소윤이가 왕따를 당했다는. 소윤이는 어이없어하며 누가 그런 소리를 하냐며 화를 냈다. 소윤이의 기분은 당연히 좋지 않았다. 우리들은 난처해졌다. 이후로 우리는 노래방을 가기로 했는데 소윤이가 혼자 시장을 가고 싶다고 했고 애들은 싫은 눈치였다. 나도 시장보다는 노래방을 가고 싶어 소윤이를 설득해 노래방을 가는 것으로 결정이 되었다. 막상 노래방에 가자 가장 신나게 부른건 소윤이었다. 우리들은 안심했고 그렇게 하루가 지나고 다음날이 되었다. 학교에서 어제 논 친구들과 더더욱 친해져 이야기를 나누던 중 우리 반의 소심한 친구인 진이가 소윤이에게 조심스럽게 다가와 말했다. 소윤이 너 혹시 소윤이 너에 대한 소문을 아냐고. 진이는 어제들은 소문을 정확히 이야기하며 소윤이의 눈치를 살폈다. 나는 순간 뇌 정지가 오고 소윤이는 대체 누가 그런 말을 했냐고 말해 진이는 다른 반 친구가 그랬다고 하고 소윤이는 진이를 따라 나갔다. 남은 친구들과 나는 혼란이 찾아왔다. 아니 어쩌면 가장 얼버무리고 사건의 전말을 몰랐던 것은 나였던 건지도 모른다. 남은 친구들이 나에게 하는 말이 사실 소윤이가 그러한 소문을 유명한 아이이고 웬만해서는 엮이지 않는 게 좋다고 얘기했다. 나는 그런 소문에 별로 신경 쓰고 싶지 않았다. 내가 만나본 소윤이는 착하고 명랑한 아이니까. 하지만 이 생각도 곧 사라져 갔다. 소윤이와 이후로 계속 지내면서 소문과는 상관없이 피곤한 아이라고 생각이 들었다. 자기가 하고 싶은 것만을 하려 하고 주변을 헤아리려 하지 않았다. 나와 단둘이 놀 때는 내가 다 받아줘서 괜찮았지만 친구들과 친해지며 다 같이 놀 때마다 소윤이의 억지와 어리광을 받아줄 애들이 더 이상 없었다. 그러다 학교에서 소윤이가 나를 놔두고 진이와 함께 다니는 것을 느꼈을 때. 난 버려졌다고 생각했다. 다른 친구들은 이렇게 된 이상 그냥 자기들과 같이 지내자며 먼저 손을 내밀어 줬다. 난 아직도 그 친구한테 고맙다. 그 친구는 연이라는 아이였다. 연이는 키도 크고 마른 몸에 활동적이고 재밌는 친구였다. 얼떨결에 친구가 바뀐 난 금방 소윤이를 지우고 연이와 다른 친구들과 매일 학교 끝나고 놀았고 그만큼 더 가까워져 갔다. 이대로 계속되었으면 좋았을 것을. 내 인생은 왜 이런지 모르겠다. 그날은 운동회였다. 나는 아무것도 몰랐다. 애들이 연이를 피하는 것을 깨달은 것은 상관없는 다른 친구들이 먼저 내게 의문을 표해서 알았다. 애들과 난 왜 친구들이 연이를 피하는 것일까 고민하고 연이도 애들이 연락도 안 보고 자기를 피하는 거 같다고 얘기했다. 난 연이 다음으로 친했던 친구에게 다가가 무슨 일이냐고 물어봤다. 사건의 전말을 이러했다. 연이가 활동적이어서 수다보다는 움직이는 걸 선호했고 한 친구와 연이는 자주 등을 치고 도망가거나 장난치는 게 많았는데 그것 때문에 스트레스를 많이 받았던 거 같다. 그리고 뭐 학원에서 거짓말 쳤다나 뭐라나. 어쨌든 내가 느끼기에도 굉장히 유치했던 이유였고 크게 틀어질 이유가 되지 않았다. 많은 친구들을 중재해 준 내 경험을 봤을 때 금방 해결할 수 있는 문제였었다. 문제는 애들이 연이의 사과를 받으려 하지 않았고 연락도 차단해버리고 아예 모른척했다. 나는 그런 친구들의 행동에 점점 화가 났고 이해하지 못했다. 친구들이 등을 돌렸을 때 난 연이의 편에 서 주었다. 더 이상 중재든 뭐든 할 수가 없었다. 친구들은 분명 뒤에서 연이의 험담을 해서 서로의 불만을 털어놓다가 쌓이고 쌓여 이런 행동을 먼저 지시한 배후가 있었다고 생각했고 난 그게 부반장이라고 생각했다. 모든 사건의 중심에 부반장이 있었기 때문이다. 뭔가 사건이 점점 커지기 시작하자 난 심각해졌고 어떻게 할지 고민하다가 내 짝꿍 민철이와 앞자리 친구 태용이에게 고민을 털어놓았다. 남자애들에게 말하자 어떡하냐는 말만 하고는 딱히 해결 방안이 나온 것이 아니었다. 그 녀석들한테 물어본 내가 바보였지 하고 일을 넘어가려 했는데 학교가 끝난 후 부반장이 갑자기 나를 불렀다. 난 무슨 일인가 싶었지만 그래 뭐 당당해야지. 하고 기다리는데 여자애들이 나를 둥글게 감싸고 부반장이 나에게 대뜸 그 녀석들에게 우리 얘기를 했냐고 물어봤다. 나는 그렇다고 담담하게 말했지만 솔직히 조금 쫄아 있었다. 부반장이 내게 그런 말을 함부로 말 안 해줬으면 하고 자기네 일은 자기네들이 알아서 한다고 말을 붙였다. 나는 일단 알겠다고 하고 그곳을 빠져나왔다. 나는 드라마에서 볼 법한 장면을 직접 겪은 것이 신기했고 이런 일도 있을 수 있구나 생각했다. 그러다가 갑자기 애들이 비겁하다는 생각이 들어 화가 났다. 그렇게 주변 사람들이 신경 쓰였으면 이런 일을 왜 벌인 건지. 해결하겠다면서 연이의 연락은 보지도 않고 사과도 안 받으면서 대체 어떻게 한다는 건지 답답하기만 했다. 나는 결심했다. 이제 다시 돌아갈 수도 없는 노릇이니 그냥 연이랑 같이 생활하다 보면 어떻게든 되겠지라고 생각하게 되었다. 연이의 부모님도 이것 때문에 걱정을 많이 하시고 나한테는 연이의 편을 들어주어 고마워했던 것 같았다. 상황이 어떻게 끝났는지 잘 기억이 안 나지만 연이와 나 둘이 남은 상황에서 내가 급식을 먹을 때 항상 같이 먹던 우리 반 급식 메이트 2명이랑 함께 급식을 먹으며 같이 다니게 되면서 넷이서 친해졌다. 이 사건의 주요 친구들과는 아예 말을 섞지 않으며 반에서 생활했고 이게 다 1학기 만에 일어난 일이었다.

그 이후

정말 놀랍게도 새로운 멤버 4명이서 금방 친해지고 많이 놀러도 다녔다. 내가 지냈던 크루 중 이 멤버가 가장 안정적이었지 않나 지금도 가끔 생각하곤 한다. 정말 좋은 친구들이었다. 연이는 그 사건 이후로 겉모습은 그대로였지만 마음적으로 뭔가 달라진 느낌이었다. 우리 멤버인 신주는 목소리는 조용하고 살랑살랑한 느낌과 여유로움이 있던 친구였고 은지는 매너 있고 교양적이었고 공부도 잘했다. 드디어 안정적인 사람들을 찾고 나도 여유라는 것을 찾을 수 있었다. 이 친구들에게는 정말 많이 배운 것 같다. 신주는 눈치가 빨랐고 은지는 내가 미처 생각하지 못했던 부분들을 생각했다. 신주에게는 주변을 넓게 보는 능력을, 은지에게는 매너와 예의를 배웠던 것 같다. 물론 신주와 은지가 직접 가르쳐 준다거나 알려줬다는 게 아니라 그 친구들과 지내면서 옆에서 많이 보고 듣고 관찰하면서 신주의 눈치가 빠름에 감탄하고 은지의 배려가 몸에 밴 행동에 멋있다고 느끼면서 스스로가 성장했던 것 같다. 내가 그 친구들에게 도움을 주었는지는 잘 모르겠지만 확실한 건 그 친구들 덕분에 내가 한층 더 성장할 수 있었다는 것. 이것만은 확실하다. 앞으로 평화로운 나날들이 계속될 것 같았다. 우린 분명 평화로웠고 아무 문제가 없었다. 단지 우리 주변이 문제가 많을 뿐. 뭐가 먼저였는지는 기억이 안 나지만 이 이야기를 먼저 해야 할 것 같다. 우리 반에는 여자애들은 앞서 말한 사건들을 보면 노는 애들이 한정되어 있다는 것을 눈치챘을 것이다. 나와 연이, 그리고 신주와 은지 이렇게 4명. 부반장 외 7명, 소윤이와 진이. 그리고 남자애들과 어울리는 수현이. 여자애들은 대략 이 정도로 나누어져 있고 남자애들은 거의 다 친했다. 전동 킥보드를 타고 등교하는 모습을 보고 왕왕이라는 별명을 붙여 탄생한 우리 반 왕왕이는 만화 캐

릭터에 있는 콩순이, 돌돌이 만큼 통통한 친구였다. 처음에는 난 이 친구가 왕따인 줄 알았는데 남자애들과 놀면서 지내고 우리도 가끔씩 놀아서 왕따는 아니었던 것 같다. 왕왕이 말고 가장 문제 있는 친구는 훈제였다. 훈제는 몸집은 거대한 곰만 했고 살도 있었다. 그 훈제는 독서왕이었다. 볼 때마다 책을 읽고 있다. 아마 다들 처음 보았을 때는 책을 좋아하는 지적인 아이인 줄 알고 착각할 것 같다. 실제로 지적이었을 수도 있다. 훈제의 가장 큰 문제는 더럽다는 것이다. 단지 안 씻어서 더러운 문제가 아니라 훈제의 행동들이 너무 더러웠다. 책을 읽을 때면 어린아이가 된 듯이 자기가 입은 티셔츠를 입으로 빨며 옷이 침으로 흠뻑 젖을 때까지 놓지를 않는다. 또 훈제가 가지고 있는 철자 구멍에 연필을 꽂아 돌리는 행동을 하는데 이게 겉으로 볼 때는 장난치는 것 같아도 옆에 있는 사람이 잘못하다 철자를 맞으면 위험할 수도 있기 때문에 저지를 해줘야 안 한다. 여자애들이 훈제를 피하는 이유 중 또 다른 큰 원인은 바로 훈제가 몸집이 커 움직일 때마다 정말 어쩔 수 없이 몸이 부딪히거나 닿는 경우가 있는데 이게 너무 기분이 나빠 애들이 그 애를 피했다. 난 이게 다 우연으로 어쩔 수 없이 행동하는 것이라면 이해하려 했다. 하지만 내가 제일 이해가 안 되었던 행동은 멍 때리며 가방 쪽을 손을 터치하며 지나가면서 사람이 지나가면 멈추지 않고 그 사람 몸을 터치하며 지나간다는 것이다. 이러한 훈제의 행동들은 우리들의 눈을 찌푸리게 만들고 불쾌와 혐오감을 느끼게 했다. 결국 사건은 터져버렸다. 어쩌다 보니 연이가 훈제와 접촉하는 일이 많아 불쾌감을 느끼던 연이는 부모님께 말씀을 드렸고 훈제의 행동에 심각성을 느낀 연이의 부모님은 선생님과 대화를 나눠 문제를 제기하셨다. 하지만 이때 선생님의 대처가 엉성했다고 아직도 느껴진다. 선생님은 우리 반 애들에게 1 대 1 상담을 하며 훈제와 생활하는 데 평소에 문제를 느꼈는지 물어보는 상황이 나왔다. 이를 들은 연이의 부모님은 더 화가 나셨고 나 또한 상담을 하면서 이 상담이 대체 무슨 의미가 있는지 이해가 가지 않았다. 문제를 제기해 마음이 안 좋은 것은 연이일 텐데 왜 훈제에 대한 문제를 반 애들한테 물어보는지 도저히 알 수가 없었다. 어쨌든 선생님의 대처에 불만을 품은 연이의 부모님은 선생님한테 반

애들을 상담할 게 아니라 훈제와 상담하고 부모님께 알려 이 문제를 해결해야 하지 않냐고 따졌다. 그제야 선생님은 훈제의 부모님과 약속을 잡고 듣기만 해도 어색한 만남을 했다. 연이와 연이의 어머님, 선생님, 훈제와 훈제의 어머님이 만나 이야기를 나눴다. 이 이야기는 다 연이가 나한테 알려줘서 안 내용이다. 연이의 어머님이 잠시 선생님과 따로 이야기하러 나간 사이에 훈제의 어머니가 훈제에게 유치원생 다루듯이 "훈제야!! 엄마가 이상한 행동하지 말라 했지!!"(기억이 안 나지만 대충 이런 식.)라고 말했고 연이한테 훈제가 상식이 없어서 랬나. 바보라서랬나. 기억이 안 나지만 어쨌든 그래서 애가 철이 없어서 그랬다는 둥. 미안하다고 했다고 한다. 연이 입장에서는 너무 어이없는 상황이었겠지? 듣는 나도 당황스러웠는데. 어쨌든 그렇게 하다 끝이 났고 훈제는 전학을 갔다. 정말 기나긴 여정이었다. 내 친구 연이는 정말 사건사고에 잘 휘말리는 것 같다. 근데 그것은 연이만이 아닌 것 같다……

인생 최대의 실수

생각해 보니 내 친구만의 문제도 있었지만 나 자체로도 문제가 많았던 것 같다. 그 일은 절대 잊을 수 없는 일이다. 나도 이게 인생 최대의 실수인지는 잘 모르겠다. 이야기가 갑작스러울 수도 있지만 내 인생이 워낙 이해 안 되는 일이 많다. 그때는 종례를 마친 후 청소시간의 사건이다. 칠판 1명, 쓸기 3명이 청소를 하고 있었다. (이 중에 난 쓸기를 했다.) 청소시간인데도 불구하고 청소를 하지 않는 친구들이 3명 정도 있었고 난 그들에게 청소하라며 몇 번을 말했고, 대걸레를 갖고 와 빨리 청소하라^고 하던 참이었다. 슬슬 시간이 지났음에도 말도 안 듣는 녀석들 때문에 짜증이 스멀스멀 올라왔다. 하라고 해도 모르쇠 하며 핸드폰을 하거나 눈치를 보면서도 움직일 기미가 보이지 않았다. 그중에 한 명이 드디어 대걸레를 가져와 청소를 하기 시작했다. 하지만 나머지 두 녀석은 속 터지게도 가만히 있었다. 내가 그 녀석들에게 청소하라며 눈치를 주자, 한 명이 알아서 한다며 짜증을 냈다. 거기서 난 화가 나서

"알아서 어떻게 할 건데?"

라고 하자, 그 녀석은 자기가 화났다는 것을 얼굴로 드러내며

"알아서 한다고."

라며 정색하며 말했다. 정말 얼굴을 한 대 치고 싶었다. 그 녀석과 나의 대치 상황이 벌어졌다. 그다음 나도 짜증 섞인 말로

"그니까 알아서 어떻게 할 거냐고"

라고 했다. 그 녀석은 한 대 칠 것처럼 점점 나한테 다가오면서

"알아서 한다니까 왜 나한테만 청소하라고 해?!"

라고 했다. 나는 이미 화가 잔뜩 난 상황이기에 나한테 다가오든 말든 내 알 바 아니었다.

"애들 다 청소하는데 너 안 하잖아. 우리들 입장에서는.. 불공평하지 않겠어? 그리고 내가 언제 너한테만 얘기했어? 너 빼고 안 하는 애들한테도 말한 건데..!"
"그니까 알아서 한다고 얘기했잖아."
"알아서 한다고? 너 계속 핸드폰하고 있었잖아. 그런데 알아서 한다고? 우리가 너의 뭘 믿고 그걸 수용해?"

그 녀석은 내 코앞까지 와서 날 노려봤다. 그 녀석은 짜증 섞인 목소리로 고개를 왼쪽으로 까딱하며

"아이씨…."

라고 말하고는 나의 뺨 쪽으로 주먹을 휘둘렀다. 당황한 나는 피하려고 했지만 귀쪽에 맞았다.

순간 삐- 소리와 함께 앞이 깜깜했다. 너무 무서웠고 심장이 빨리 뛰었다. 재빨리 정신을 차리고 그 녀석을 노려보았는데 그 녀석은 미안해하기는커녕 자기의 화를 주체 못 하듯 이리저리 돌아다녔다. 정말 나도 때리고 싶었지만 사건이 커질까. 내가 무서워한다는 것을 들킬까. 두려워 아무렇지 않게 바닥을 쓸었다. 정말 짧은 순간에, 단 10초 사이에 벌어진 일이었다. 적막과 함께 주변 친구들은 모두 놀라 나와 그 녀석을 보고 있었다. 아직도 잊혀지지 않는 것이 칠판을 닦고 있던 친구의 손이 시간이 정지된 듯 멈춰져 있었고 얼굴의 표정도 나보다 더 놀란 표정이었다. 조용히 바닥을 쓸던 나는 갑자기 주체할 수 없는 감정에 빗자루와 쓰레받기를 바닥에 던지고 화장실로 향했다. 화장실로 들어간 나는 거울을 확

인하며 귀의 상태를 보았다. 다행인지는 모르겠으나 그 녀석의 주먹으로 빨갛게 자국 나 있었다. 숨을 고르던 사이에 다른 교실을 청소하고 화장실에 들어온 반 친구들을 보니 긴장이 풀려서 였을까. 울음이 터졌다. 반 친구들은 당황해하며 어쩔 줄 몰라 했다. 상황 설명을 들은 아이들은 바로 밖으로 나가 담임 선생님께 알렸고 그렇게 그 녀석과 나, 선생님의 어둠의 삼자대면이 시작되었다.

삼자대면, 그리고 결과

　학폭위가 열릴 때 쓰는 회의실. 이런 곳에 오는 것은 처음이었다. 히터를 틀지 않아 조금 추웠고 거기다 선생님과 그 녀석, 그리고 나 이렇게 셋이서 앉아 있으니 매우 고요하고 적막했다. 무슨 말부터 꺼내야 할까. 어떤 말을 해야 할까. 남자애한테 처음으로 주먹으로 맞으면 다들 이렇게 어리둥절 너무 놀라 심장이 빨리 뛰기도 하는 건가? 소란스러운 마음을 달래고 있을 때쯤 선생님이 말씀하셨다.

"어떻게 된 건지 하늘이(작가 가명)가 설명해 줄래?"

선생님의 말을 듣고 입을 떼려던 순간.

그 녀석에게 맞은 것에 대한 분노와 슬픔과 두려움의 감정들이 쏟아져 나왔고, 내가 스스로 맞았는 말을 하려니 울분을 토하지 않으려 할 수가 없었다.

너무 놀라고 무서워서 말을 할 수 없이 눈물만 흘리면 하염없이 울었다. 이에 선생님은 그 녀석에게 어떻게 된 것인지 물었다. 그 녀석은 가라앉은 목소리로 말했다.

"아니.... 제가 청소하려고 했는데.... 쟤가 저보고 계속 청소하라고 짜증 내서..."

이 말을 들은 나는 속으로 더 화가 났다. 그 녀석이 말하는 사이 마음이 어느 정도 진정된 나는 말을 꺼냈다. 선생님께 모든 설명을 마친 나는 터지는 울음을 참을 수 없이 또 쏟아냈다.

선생님은 그 녀석에게 소리치며 화를 내셨다.

그 녀석에게 '너 이거 분노조절 고쳐야 돼..!!'라고 했던가? 마음이 완전히 진정되고 허무한 마음이 들고, 그 녀석이 혼나는 모습을 보고 있으니 내가 이걸 왜 듣고 있어야 하는지 모르겠고 빨리 빠져나오고 싶었다. 그 녀석을 보고 싶지도 않았고 대화하기도 싫었다. 마침 선생님은 마무리를 지으려 했다. 선생님은 부모님께 말하겠다고 얘기를 끝내고 나는 그곳에서 빠져나왔다. 마음이 착잡한 나는 집으로 향했다. 집으로 들어가니 엄마는 거실에서 주무시고 계셨다. 나는 오늘 있었던 일을 어떻게 말하지?를 고민해야 했다. 엄마가 잠에서 깨 나에게 밥을 지어 달라고 부탁하여 난 부엌에서 쌀을 씻으며 타이밍을 재고 있었다.

"엄마... 저... 그게... 오늘 제가 늦게
들어왔잖아요?.."

"응..."

"그게 오늘 선생님하고 상담을 했거든요?"

"어.."

"상담을 왜 했냐면... 제가 친구한테 맞았어요."

2초의 정적이 있고 놀란 엄마의 표정이 아직도 기억
난다.

"뭐?!?!!!"

마침 그 순간 엄마의 핸드폰이 울렸다. 난 예상할 수
있었다. 전화를 건 사람은 선생님이라는 것을.

"아마 지금 전화도 담임 선생님일 거예요."

엄마는 도대체 무슨 일이냐며 선생님과의 통화는
아빠에게 맡기고 나와 이야기했다. 모든 설명을 마
친 뒤 나는 엄마가 무슨 말을 할까, 혼나지는 않을

까. 불안한 마음으로 거실 한가운데 서서 엄마가 하는 행동들을 유심히 지켜보았다. 엄마는 누워서 눈을 감고 한숨을 크게 쉬었다. 뒤늦게 이 사실을 알게 된 동생들과 오빠는 나를 때렸다는 그 녀석을 혼내주겠다며 시끄럽게 굴었다. 아빠는 선생님과 통화도 하고 마무리를 지은 것 같다. 나도 이 사건을 크게 키우고 싶지는 않았다. 다음날 나는 병결을 내고 학교를 쉬었다. 마침 금요일이라서 푹 쉬었다. 너무 웃겼던 것이 내 친구 연이는 이 소식을 듣고 격노하며 그 녀석을 팰 기세였다. 연이의 부모님도 내게 이렇게 조용히 끝낼 게 아니라며 엄청나게 화내주셨다. 내 일에 이렇게 진심으로 화를 내주셔서 너무 감사한 마음이 들었었다. 그래도 그 녀석과 평소에 사이좋게 지냈었고 그 녀석 스스로도 반성하고 있는 것 같았다. 그때 내가 맞받아쳐 그 녀석 얼굴에 주먹을 꽂을걸... 아쉬워하며 지금도 가끔씩 생각한다.

코로나

중학교 1학년, 겨울방학 때 코로나가 전국에 퍼졌다. 등교가 중지되고 학교 수업은 모두 온라인 수업, 원격 수업으로 대체되었다. 우리 중학교는 EOS 온라인 클래스를 이용해 강의를 제공했었다. 나는 항상 아침에 강의를 틀어놓고 잠을 잤었다. 그때 그 시절의 초등학생, 중학생, 고등학생이라면 모두 한 번쯤은 해봤을 것이다. 시험 기간에만 강의를 몰아보았고 그래도 공부한 것에 비해 성적은 잘 나왔다. 코로나로 인해 밖을 나갈 수 없자, 대부분의 사람들은 우울증과 같은 외로움을 거쳤다고 하는데 물론 나도 없다고 할 수는 없겠지만 나에게는 오히려 밖을 나가지 않는 게 이득이 되었다.

나의 취미는 바로 '애니메이션'이었다.

아침에 강의를 틀어놓고 잠을 자고 11시쯤 일어나 밥을 먹고 남은 강의를 1.5배속으로 시청하고 나면 금방 끝이 났다. 그 뒤로는 하루 종일 애니메이션을 보았고 빨리는 새벽 2시, 늦으면 새벽 5시까지 풀 악셀로 달렸다. 정말 하루하루가 너무 재밌고 행복했다. 그렇게 시간이 흘렀고 난 어느새 애니덕후가 되어 있었다. 내가 방에서 애니만 보고 있을 때, 엄마는 여덟째를 낳고 산후조리원에서 있었다. 하지만 시간은 금방 흘러 엄마는 여덟째를 데리고 집에 왔고 베이비시터를 고용하여 집에서 몸조리를 했다. 난 엄마가 항상 이해가 되지 않았다. 이해하고 싶지도 않았다. 어렸을 때부터 쌓인 감정의 골이 깊어져 갔고 이것을 풀 곳을 찾아다녔다. 날 길러주신 할머니와 곧잘 통화를 했다. 통화를 하면서 슬프거나 우울했던 일을 말하면 할머니는 항상 내 편을 들어주셨다. 그리고 내 사촌 라민이한테도 가끔씩 힘든 애기를 곧잘 나누었다. 처음에는 이런 얘기를 해도 되는 걸까...? 나한테 실망하지는 않을까. 걱정했었는데 한 번 말한 뒤로는 속절없이 말한다. 이렇게 말하면서도 가끔씩 라민이에게 너무 무거운 짐을 짊어지게 한 것은 아닌가 미안해진다. 처음으로 삶이 힘들어 죽고 싶다고 나의 속마음을 털어놓은 사람이 라민이었기 때문에 라민이의 심정이 어땠을까 참 착잡하다. 반대로 할머니한테는 얘기하지 못했다. 아무렴. 말하면 어떻게 하실지... 쓰러지실 수도..? 할머니와 항상 통화를 할 때면 엄마 디스를 많이 했다. 나경이한테는 하소연을 하고 위로를 받았고 할머니와는 명불(?)디스전을 문자와 카톡으로 자주 했었다. 나도 나의 편이 생긴 것 같아 기분이 좋았다. 그 둘은 어둠뿐인 세계에서 나를 지지해 주는 빛 같은 사람들이었다. 그나마 쉴 공간이 생겨 잠시 쉬었다가는 날 비웃듯 모든 것이 망가졌다.

어느 날 갑자기 엄마가 핸드폰을 가져오라며 가지고 가고 나와 할머니가 주고받은 대화, 라민이와의

코로나 53

메시지 내용을 보았다. 나는 정말 망했다.라고 생각했다. 하지만 내심 기대도 했다. 이렇게 내가 힘들었었다고. 너무 힘들어서 죽고 싶었다고 말할 수 있는, 기회가 생긴 게 아닐까 하고. 엄마가 내게 미안하다며 사과하지는 않을까. 우습게도 내가 바라는 건 아무것도 이루어지지 않았다. 엄마가 날 불러내고 온 가족이 총집합이 되었다. 그저 아무 생각도 하고 싶지 않았다. 엄마는 아빠와 오빠에게 이것 좀 보라며 내 핸드폰을 보여줬고 아빠는 나한테 왜 이런 거냐며 화를 냈다. 아빠의 그 말이 아직도 잊혀지지 않는다.

"너 원래 착했는데, 이런 애가 아니었는데 웹툰이랑 애니 보면서 애가 좀 변한 것 같아."

내가 이렇게 행동했던 게 믿기지 않았을 테지. 속으로 이게 무슨 터무니없는 소리인가 애니 본다고 사람이 변해? 아니, 나 원래 이런 사람이고 표현을 안 했을 뿐이지. 이건 그저 아빠의 변명에 불가하다는 것을 안다. 오빠는 내게 울면서 말했다.

"하늘아(작가 가명) 이건 아니지...이건 아니잖아..."

오빠는 엄청 울었다. 난 내 맘을 아무것도 모르고 얘기하는 오빠가 미웠다. 난 계속 침묵을 유지했다. 엄마, 아빠, 오빠의 말들을 듣고 주변을 둘러보니 동생들이 날 쳐다보고 있었다. 불안과 슬픔의 감정이 섞여있는 얼굴이었다. 그리고 내 밑에 있는 동생 셋째의 얼굴을 보니 나의 편에 서 줄 힘이 없던 미안함의 감정이 보였다. 하긴 어린애가 감당하기엔 너무 큰 일이지. 난 아무 말 없이 그저 눈물만 흘렸다. 너무 슬펐다. 가슴이 답답하고 말도 안 나왔다. 엄마에게 미안해서가 아니다. 너무 서러웠다. 아무도.. 아무도 날 이해해 주지 않았다. 난 그저 그 한마디... ,딱 한마디.. ,엄마의 미안하다는 한마디를 듣고 모든 게 평범하게 바뀌었으면.... 하지만 엄마는 내게 배신당했다는 듯이 날 바라봤다. 그때 깨달았다. 그 순간 정신이 맑아지고 편안해졌다. 아니. 편안해진 게 아니라 허탈하고 허무했다고 해야 하나. 진짜 이 집에는 내 편이 없다는 것을 깨달았다. 엄마가 변화는 일은 절대 없고 변화할 수 있다고 해도 나의 많은 시간을 버리고 더 고통받을 것이라 확신했다. 생각보다 결과는 간단했다. 할머니와 라민이와의 연락을 줄이라는 것이 결론이었다. 모든 게 끝나고 내 방으로 돌아와 침대에 누워 생각했다. 빨리 어른이 되어 이 집을 떠나자고. 독립을 결심했다. 어차피 있어봤자 서로 힘들 뿐이다. 아, 나만 힘든가? 어쨌든 하루 빨리 이 집구석을 떠나고 싶었다. 미래에 대해 생각하면서 동생들도 있고 그래도 내 부모님인데 연을 끊는 건 아닌 것 같고 겉으로는 평범한 가족을 연기해야겠다고 생각했다. 나도 참 겁쟁이에 바보인 것 같다. 가족에게 속마음을 밝힐 용기도 없고 속으로만 생각한다니. 하지만 그만큼의 용기는 내게 있지 않는다. 말해봤자 입만 아프고 나만 더 힘들어지고 어떻게 반응할지도 모른다. 깊은 생각에 어느새 잠이 들었다. 다음날 나는 엄마에게 들킨 것을 할머니와 라민이에게 전달했고 그 둘은 안타까워하며 날 불쌍히 여겼다. 하지만 엄마 몰래 가끔씩 통화도 하고 메시지도 보낸다. 혹시라도 엄마가 메시지를 볼까 메시지보단 통화를 더 많이 했고 메시지를 보내도 엄마와 관련된 내용은 싹 다 지웠다. 정말 열심히도 산다. 엄마한테 안 들키려고 이렇게 신경 쓰는거 보면. 그래도 나름 재미있었다. 아니 사실은 불안했다. 이러다 영영 할머니와 라민이를 못 보는 것이 아닐까. 내가 가장 힘들 때 날 위로해 주던 두 사람. 엄마는 날 왜 그 둘에게서 떼어놓으려는 걸까. 엄마 때문에 힘들 때 나를 도와줬던 건 그 둘인데. 생각할수록 더 복잡해져 고민하는 것을 포기했다. 그 일이 있고 나서 엄마와는 일주일 동안 말도 섞지 않았다. 하지만 우리 엄마는 기분파이기 때문에 금방 원상태로 돌아갔다. 나도 그저 차차 나아지겠지라고 조금의 희망을 가지고 원래대로 돌아갔다.

거짓말

초등학교 3학년부터 엄마에 대한 불신과 두려움이 점점 커지면서 나의 거짓말은 늘어갔다. 친구랑 뭐 하고 놀았는지 솔직하게 말하면 되는데 약간의 거짓말을 섞어서 항상 눈치를 보며 말했다. 또 공부와 관련된 일에도 거짓말하는 일도 많아졌고 엄마와 대화하면 거짓말을 내뱉기 일쑤였다. 이것저것 거짓말이 잦아졌다. 엄마 말고도 친구들에게도 거짓말이 많아졌다. 친구들이 놀자고 하면 다른 일이 있어 못 논다는 말을 현재 고등학생 때까지도 하고 있다. 왜 이런 거짓말을 하냐면 놀 돈이 없거나 용돈을 달라고 말하기가 나한테는 쉽지 않았다. 또 다른 이유로는 엄마한테 물어보았을 때 허락을 해주지 않을 것 같아서였다. 진짜 다른 일이 있었는지도 모른다. 적당한 이유를 말한 것이 아니라면 대부분은 거짓말한 것일 거다.

희망과 절망

어느 날 엄마가 술을 마시고 내게 말했다. 미안하다고. 그건 엄마의 사과였다. 그렇게 받고 싶었는데. 나는 이런 방식으로 사과받고 싶지 않았다. 어중이떠중이로 술기운으로 사과하는 것도 아니고. 엄마의 사과는 나에게 도달하지 못했다. 나의 마음은 단단한 철문으로 닫혀있듯이 절대 열어주지 말자는 옛 다짐과 상처로 인해 엄마의 말은 그저 핑계일 뿐이었다. 설령 진심이었다고 해도 난 받아들이지 못했다. 엄마를 이해하려 했던 때도 있었지만 도저히 이해가 안 가는데 오히려 이해하려고 하려는 내가 더 비참해질 뿐이었다. 그렇게 엄마의 사과는 내게 닿지 못한 채 흘려보내졌다.

인생의 끝은 꼭 행복하길

난 바란다. 나의 행복을. 난 꼭 내가 행복하게 살길 바란다. 나 스스로가 응원한다. 나의 미래를. 찬란한 미래를. 미래에는 꼭 행복하기를. 지금보다 더 행복하길. 당당히 행복한 모습을 보여주길 기대한다.

너의 찬란한 미래를 바라며, 구매음.

작가의 말

현재에는 마음을 열고 사람들과의 관계도 아주 좋다. 이 책을 보고 많이 심란할지도 모른다. 안 좋은 얘기들만 있어 우울해지는 책이다. 책에서는 절망 가득한 인생을 살았지만 재밌는 일도 많았고 나름 잘 살았다. 하지만 그렇다고 해서 내 과거를 없었던 일로 하는 것은 바라지 않는다. 이것 또한 나의 인생 일부이기 때문에 내 삶이 거부되는 것은 바라지 않는다.

솔직히 책을 쓰면서 많이 걱정했다. 이렇게 다 써도 되는 건가?... 지인들이 알아보면 어떡하지? 하지만 이 생각은 금방 사그라졌다. 왜냐면 내 지인들은 나처럼 책과는 거리가 멀기 때문이다. 사실 이 책을 아무도 보지 말아 줬으면 하는 마음도 있다. 미숙한 글로 쓴 책을 읽어준 독자분들께 감사드린다.

이 책은 나의 시작일 뿐이고 쓰지 못한 이야기도 아주 많다. 한 달 뒤에 고3이 되는 나에게는 아직 무궁무진한 인생이 남아있다.